一人 ふたり 増えて 家族と いう絆
背中押す 手の 温もりを 信じたい
向日葵に 寝相の悪さ 覗かれる
軒下に 入りたい日も ある地蔵

松本宗和川柳句集

川柳いろいろ

愛犬カールと綴る一日一句一万歩

ふる里の 余韻を 詰めて 急ぐ帰路
ママの味 世界一だと 子は信じ
青春に 思われ ニキビ だけが無い
目標を 持つと 歩幅が 広くなる
幸運
花愛でて 亀の歩で 行く 定年後
春がきて 一本増える 笑い皺
福

はじめに

私は若い時は、都会へ出るのもありかなと考えていましたが、父親が「家を継げ」と言うので諦めました。そして隣町の郵便局に勤めることになりました。

勤めはじめて数ヶ月後に、職場の先輩二名が「この町で川柳愛好会を立ち上げるが、一緒にやらんか」と誘ってくれました。私は当時、青年団や消防団に入っておらず暇があったので、何ごとも勉強と思い入会しました。

何せ皆が初めてなので、役割分担では若い私が編集・印刷・発行を担当することになりました。当時はまだガリ版刷りが主流で、インクで手を汚しながらの作業でした。でもこの時の作業で人一倍原稿を読んだので、五七五のリズム感が誰よりも身についたと思います。

転勤するまでの約四年間、川柳と共に充実した青年期を送ることができました。ただ残念なのは、入選句の記録をしていなかったのでわずかに数句記憶に残っているだけです。

著者

川柳いろいろ
——愛犬カールと綴る一日一句一万歩

■ 目次

古希記念川柳句集

川柳いろいろ

第一章　出会い

白鳥を待つ少年の紅い頬

過疎へ来た嫁村中で祝い酒

アルバムにすれば人生二三冊

前の職場を転勤してその後三十三年間、川柳は一句も作りませんでした。これがいい充電期間になりました。

ある日NHKのTV番組で、フォト五七五というのをやっていました。それは三年続きましたが、私でもやれそうなので投句したら、たまに入選し全国放映されました。これでまた、川柳のスイッチが入った訳です。

その後、全国の川柳の傾向を知りたいと思い、誌上大会に約一年かけて百ヶ所ほど投句しました。

そのほか、無料のネット句会や有料の川柳社にも何ヶ所か勉強させてもらいました。

現在は、隣町の古巣の吟社から再度誘いがあり、再入会しているほか川柳マガジンで全国レベルの句作を研鑽させてもらっています。

次章は十三年間で約二千句の入選句のうち、三百余句を吟味精選したものです。

第二章 再会

生きる糧コトンと届くメール便

才能が眠ったままのボクの画布

ジューンブライド信じてやまぬ蝸牛

挑戦を忘れ飛べない鳥になる

坂道に父の答えが置いてある

故郷の酸素ときどき出して嗅ぐ

素うどんを分解するとボクになる
新刊書読んで心に風入れる
凧糸が絡んで過去が戻らない

消し去るに酒と涙が少し要る

息継ぎに時々浮いて見る世間

極楽へジャンプの余力とっておく

かさぶたがポロリと落ちて新学期
風紋が去ってアリバイ崩れだす
ドーナツの穴から覗く小宇宙

ふる里の写真わたしの海が凪ぐ

新聞のチラシのような夫です

夢持っているなと分かる靴の音

急に来る友の訃報と歯の痛み

島唄のリズム泡盛効いてくる

ナビにない道をゆっくり妻と行く

家中の明かりを点けてさがし物

反対があって議論が深くなる

人生も地球も一つお大事に

勝負球使わぬままに終の坂
ハードルの高さに挑む欲がある
幸せは何か答えを探す旅

酒飲んでのまれて人のいる景色

ゲーム機に占領されたぼくの腕

玉手箱あけて時効を確かめる

一生をかけ見つからぬ物もある
天に星地に花ヒトはなぜ老いる
人生のゴールはきっと空だろう

開拓の苦労を語る太い指

諦めてそれから強くなる心

完結の見えぬドラマを書き続け

種蒔いて明日のドラマの想を練る

幸福は何かを問うて登る坂

喝采もなく一生を踊り切る

盆灯籠みんな最後は風になる

草刈って棚田の風を一人占め

ちゃぶ台の頃は威厳のあった父

人生ゲームもう振り出しに戻れない
春を待つ心すみずみ耕して
栄冠は努力と運と泣いた数

地酒酌み交わしストレス脱ぐ囲炉裏

鍬を打つリズムで春が目を覚ます

星の数ほどの中から妻と添う

ガリ版の頃は温みがあった文字

食べてからまた泣いている通夜の席

母老いて都会の声が聞こえだす

利き腕の方へと進む迷い道

発車ベル今日がゆっくり動きだす

拳骨の母の涙で目が醒める

孫でさえ長生きしてとお正月

母の背の丸み昭和が遠くなる

目標を持つと歩幅が広くなる

握手するだけです票はあげません

寝る前にもう一度読む母の文

リベンジを誓うと糧になる涙

戦いを癒してくれる妻の酌
妻の愚痴聞こえぬほうの耳を貸す
おたまじゃくしと絆結んでいる棚田

兼業を支えた妻の農日記

故郷が見えて無口が喋りだす

ゆっくりと夢を開いている新芽

次々の辛苦に耐えて幹となる
劣勢をスーダラ節で切り抜ける
花時計ゆったり進む春が好き

進まねばならぬ明日のシャツを干す

幸せと思えば粗食でも旨い

後書きは子らが仕上げる人生譜

いい嫁が来て年輪が広くなる

いい趣味に集い年輪太くする

アルバムに熱い生きざま詰めてある

地に還るその日のために徳を積む

信頼の絆で廻る夫婦独楽

光る日が来ると信じて磨く石

春がきて一本増える笑い皺

ストレスを晴らすつもりが虎になる

喪に服すなんと寂しいお正月

一人ふたり増えて家族という絆

石垣に父祖の苦労を見る棚田

写メールに産声届く春の風

実直に生きた矜持が出る背筋

立ち飲みのジョッキで晴らす今日の憂さ

林立のビルに遠吠えして一人

呱々の声からゆっくりと春の風

人並みでいい人生も幸せも

助け合い助けてあげるうちが花

森からの風と対話をして午睡

草餅の香り棚田を越えてくる

鶴亀のポーズで写る共白髪

失恋の窓に吐息が舞い落ちる

猛毒のヒト科が増えて病む地球

詩を綴り絵を描きこころ丸く住む

どの道も正解というラストラン
日記書く平穏無事のありがたさ
念願がかなうと次の欲がでる

思い切り泣け傷心に肩を貸す

邪心みな捨てて仏になる最期

年輪をしっかり引いて春を待つ

健康にまさる福なし共白髪

人生の旅の答えが見つからぬ

心にも化粧して待つ花便り

大輪の花が努力の上に咲く

心にもみぞれ舞う日の訃報欄

棚田には男の夢が埋めてある

立ち止まることも必要空を見る
位牌よりスマホとカード持って逃げ
あの世から戻った人の話聞く

日に三度笑い心のトゲを抜く

怨念が強いと枯れる樹木葬

鍵穴を覗いてみたい人の性

第三章　そして今

忘却をしないと脳がパンクする
八起き目で待つ人生の逆転打
青い鳥逃げた余白が埋まらない

百億年変わらぬ星と絶える種と

人の世は代わり変わらぬ天の川

老人を置き去りにする二進法

叶えたい夢へ漕ぎ出す門出の日

結果より努力をほめてくれる母

リーダーは決してしない自爆テロ

美しく老いたい徳を積み上げる

美田残すはずが借金だけ遺る

人生に無駄な日はない手を合わす

令和へとまだ見ぬ夢の続き追う
一生がチャレンジ夢を持ち続け
住む人の気品伝わる薔薇の垣

別れより出会いが好きな春の風

同じ日はない人生の旅遥か

悔いのない人生めざし靴を買う

求愛のダンスが下手な一人酒

紫陽花に恋の末路を見透かされ

月も火星も中国領と言うだろう

何事もなかったように桜咲く

父の影踏んでチャレンジする未来

前を向く人に笑顔が寄ってくる

復興のスクラム組めば虹が立つ

上書きで今日のアリバイ確保する

膝の傷癒えた油断でまた転ぶ

立ち位置を変えて世間の風を読む

いい人を演じ続ける首の凝り

どの部品なくても動かない車

みな役目持って生まれてくる命

クワガタが待ちくたびれた盆帰省

健康に感謝明日のシャツ洗う

ウィズコロナわが身守って義理を欠く

余生塗る絵の具に夢も少し混ぜ

栄華とは一瞬と知る花筏

輝いた日日を誇りに凛と生き

ドーナツの穴に詰まっている平和

昔話がとても上手な囲炉裏の火

許すこと覚えて度量広くなる

赤富士を撮る一瞬の感嘆符

ふる里に戻って蟻の恩返し

勿体無い心で増えるゴミ屋敷

電飾に目を盗まれる冬の街

絵画より値を見て回るピカソ展

口笛が吹けなくなって老いを知る

お土産が買えずつまらぬ月旅行

昔から若い者には礼がない

議事堂で弱者の声は遮断され
デッサンをママが始める孫の画布
ライバルに仕事で負けて酒で勝つ

活力は今日やることがある目覚め

患者よりカルテ眺めてお大事に

ミサイルは皆撃ち落とす机上論

思うようになる人生はつまらない
新年の抱負日記に太く書く
手配写真がニヤリ笑っている時効

なるようになると悟ってから気楽

フェリーから活気が届く島の朝

日帰りの旅でも妻の上機嫌

息呑んだ拍子に人魚とり逃がす
保証期間過ぎたあたりで故障する
神さまに返す余白の見えぬ画布

呱呱の声から始まった一幕目

ゆっくりと勝者はゴールする余裕

片目閉じ妻のタクトに乗る老後

無実でもストーリーでは黒にされ

美味かった話がみやげグルメ旅

まだ見えぬゴールへ柚子の苗植える

鬼籍まで自分高めて続く旅

伺いはオレ決断は妻がする

幸せは今日も元気で腹が減る

知らぬ歌ばかり紅白消して寝る

父母の手間が染み込む棚田米

生き急ぐよりも余白に花を植え

補聴器を外してデマを聞き流す

弱ってても口が達者で疎まれる

薬よりよく効く女医のいい笑顔

不自然は触れずに褒める子の絵画

靴底の減りようで知る世の景気

妄想に命吹き込む冒険家

インタビュー泣くか笑うか決めてない

犬が来て心ひとつになる家族

チャレンジを忘れ翼が退化する

語り継ぐ記憶がいつか役に立つ
リセットの出来ぬ人生黄昏れる
アルバムを開けば記憶あふれ出す

ヒト科だけ裸隠してカネを追う

タクト振る母の声にはブレがない

三猿で隣の波乱やり過ごす

供養する背中を子らに見せておく

耳を澄ませば地球の軋む音がする

モデルにはなれずに蟻の列に入る

紅葉舞うこの地に決めた樹木葬

うさぎより亀の歩幅で終の旅

地下足袋の汗に努力が実る秋

小春日へ散歩に誘う母の杖

ストレスを溜めずに晴らす生き上手

子へ孫へ繋ぐタスキが見つからぬ

青空にぎっしり詰めるスケジュール

一服の茶から広がる緑の輪

夕焼けに染まると明日が見えてくる

いつの世も市民がババを引く政治

魂を吹き込む切り絵師の鋏

天才は世に凡人は子に尽くす

代役の利かぬ私というドラマ

仮面脱ぎ人に戻っていく家路

泥んこの地球丸ごと洗いたい

豊かさに慣れて汗かくこと忘れ
一本の道に自分の花が咲く
鈍行の旅で洗ってくるこころ

セピア色から透明になる記憶

ステイホームで家族の絆太く編む

輪の中にすぐ溶けこめる聞き上手

第四章　これからも

心にも花の種まき春を待つ

駅長にされて捨てネコ運が向く

徘徊もステイホームで自粛中

氷河解け0メートルに住む恐怖

ワクチンが続く終りの見えぬ旅

挑戦をやめると丸くなる背中

心のトゲ抜いていのちに水を足す

炎上の元は小さな棘だった

売られ行く牛の頭を子らも撫で

没頭の夢に余白がある若さ

連結器静かに外れ子の巣立ち

言訳に抱きしめてやる子の涙

栄転に浮かれて刺さるバラのトゲ
手直しをされて個性の消えた画布
妥協せぬペンが社会に反射する

趣味の箱開けていのちに水を足す

八起き目の運を味方にやり直す

丸を追う這い這いからの滑走路

才能を趣味で育む生き上手

ＭｅＴｏｏの声からとけてくる根雪

行間の伏せ字浮き出る星月夜

晩学のペンで広げる新世界

光陰は老いを置き去る花筏

旅に出てこころの重荷捨ててくる

学び直しで老いの余白へ虹を足す

晩学の知識を杖に凛と生き

仁王さまの顔もほころぶ花便り

それなりのお顔に戻る脱マスク

ノーモアの誇り全てが待つ平和

個性とは何か教えるねじれ花

自由でも切れれば落ちる凧の糸
小細工はない真っ当に生きた皺
美しい点になろうと羽化をする

点字打つ大地に種を蒔くように

０点は触れず個性に水をやる

点になるまで手を振っている慕情

雪だるま解けて微罪が顔を出す

車中泊どこでもドアの気まま旅

新車には縁なき父の禿びた靴

車窓から覗く他人の幸不幸

不自由になって自由のありがたさ

白杖へ肩お貸しする交差点

花金の笑顔吸い込むビアホール

作句帳もお入れしました花柩

花が友さびしくはない一軒家

いつまでも光っていたい派手を着る

明けぬ夜はないどん底で見る曙光

オペ室に拍手いのちが光りだす

人並みの幸せでいいご来光

眼帯が取れて未来に射す光

口よりも人手欲しいと釘をさす

十人十味たくあん漬けにある家風

この星に未来はあるか海に問う

それぞれの夢に漕ぎ出す新入社

外の血を入れて老舗が生き返る

たまに着てやれば喜ぶ外出着

飛行機を解いて好きな鶴に折る

九条が守る平和の艤糸

人の手の温み消し去るデジタル化

内憂外患たぶん地球は不眠症

旅立ちの握り拳にある決意

迷ったら空を見上げて深呼吸

造花にはご先祖さまも目を瞑り

「上手だね」無料で直ぐに効く肥料

忖度の桃は上へと流れ変え

真上から子らを咲かせる母の愛

古里の母を想えば流れ星
手を合わす心に先祖生きている
忘れたと言わず記憶に無いと言う

ポケットで昨日の嘘が自白する

政治家の帳簿修正すぐ出来る

それぞれの夢が溢れる春の靴

自販機は無いが湧水出る故郷

マイナンバー油を絞る道具だな

日記帳閉じて明日の風を待つ

デジタル化耳を塞げば蚊帳の外

苦労して手に入れるから愛おしい

清貧の庭にも育つ四季の花

完成のしない未来図描き続け
公約は国の不幸の裏返し
明日着るシャツに詰め込むスケジュール

眉きりり描くと祭りが呼びにくる

歩きスマホ増えて礼節死語になる

子や孫に知恵を授けて枯れる葦

棚田刈るあと何年の米作り

パノラマに釘付け汗も引く峠

花便り窓も心もちょっと開け

遍路旅ひたすら歩く海と空

物言えば不審がられる世の移り

悔い一つワイングラスと夜を明かす

碧い海みつめて手繰る詩の欠片

紙風船つけば昭和の音がする

ホスピスの窓にも招く初日の出

元日の朝も変わらぬウォーキング

地域おこし掛け声倒れ進む過疎

人柄がわかる手入れをされた庭

青信号並び門出に付きを呼ぶ

人脈の太さ削がれていく老後

花の種まいてハッピーエンド待つ

ふる里の森が定年待っている

手探りで来た人生も総仕上げ

走馬灯わたしは何を遺したか

アルバムのラストに遺影忍ばせる

ポックリと逝きたい長生きもしたい

いのちある限りわたしの旗を振る

黄泉の旅お断わりしてクロッケー

人生の未練を畳む冬景色

完熟の香り老春まっ盛り

否定語が増えて険しい老いの坂
喜びも挫折もあって現在地
身の丈の箱で天寿を踊りきる

あとがき

私は川柳に二度、出会いました。最初は二十歳から四年間、次は五十八歳から現在に至る十三年間。そして今も飽きることなく、続いています。趣味としては安く出来ますので、今後とも楽しみたいと思っています。

川柳を通じて、知人も多く出来ました。これは人生の財産になります。今後共、切磋琢磨して力量を高めていけたら幸いです。

愛犬カールは、平成十七年四月に亡くなったサスケの後継として我が家にやって来ました。私が世話をした六頭目で、カールという名前は既に生家で付けてありました。カールは、私のウォーキングの良きお供でした。これまで大病もせず生きてこれたのは、カールのお蔭だと感謝しています。そして、飼育した中では一番長く生きてくれました。また、生涯に一頭の小犬を残してくれ、レオと名付けてウォーキングを続けています。

以前のように、私が加齢により長い距離を歩けなくなったのは仕方がないです。あと10年、レオと一緒に頑張って歩くのが目標です。

余談ですが、歩きながら川柳を考えるといい句想が湧くのです。但し毎日はいけません。私の場合は、月に数日程度です。普段は何も考えず、必要がある時に集中力を出すのが良いようです。

古希を過ぎましたので、記念に句集の発刊を思いたちました。一生に一度の事と思い、精一杯のものを作ろうと思いました。印税などで儲けることなど考えず、読んでみたいと思われる方に安価でお譲りできるようにしております。川柳普及の一助になれば嬉しく、またありがたいことです。

無名でも生きた証に出す句集　宗和

二〇二三年十一月

松本宗和

わたしの川柳画

私が習いました川柳画では、絵の説明句や川柳を補完するための絵では、味わい深いものが出来ないというのです。

1《絵》+1《川柳》=3以上の効果が出るような絵を目指せと教わりました。なので、絵と川柳がマッチしていないと思われるものがありましたら、そういう流派だとご理解くださいませ。

ストレスを
晴らすつもりが
虎になる
む

言い分を
まず聞いてから
意見する

勝負球使わぬままに終の坂
む

動物と
ふれあい
癒す
子の病い
む

人生も
地球も一つ
お大事に
NO:ZF-300
む

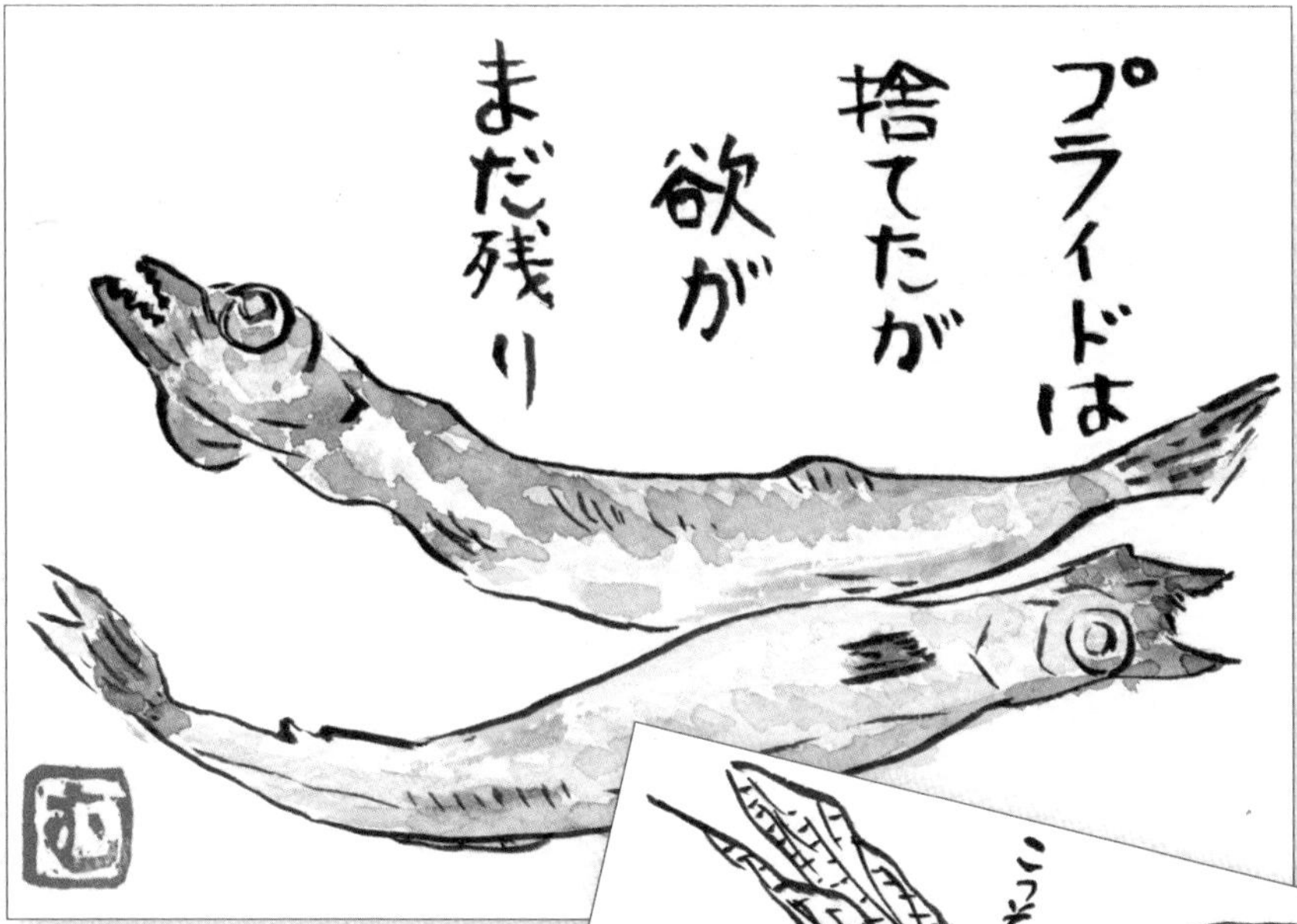
プライドは
捨てたが
欲が
まだ残り

天国へ
こっそり
持って
行く秘密

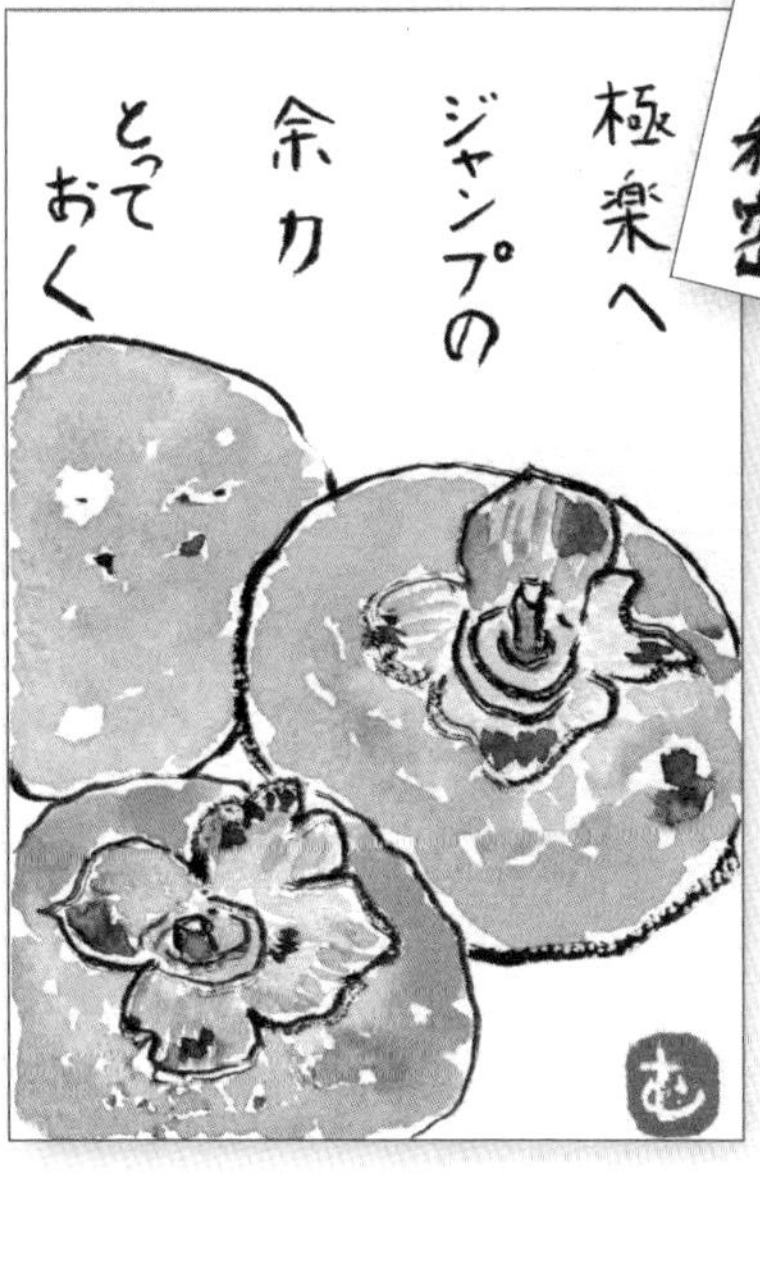
極楽へ
ジャンプの
余力
とって
おく

助け合い
助けてあげる
うちが花

わたしの川柳画

散歩道
スイカ
ほめたら
頂いた

忘れたと
言わず
記憶に
無いと
言う

父祖の
地を
守る種火の
酒二合

円満の
秘訣
ごめんと
ありがとう

いい嫁が
来て
年輪が
太くなる

騙された
振りで
婆ちゃん
大手柄

産声が
とうとう爺に
してしまう

写メールに
産声
届く 春の風

後書は
子らが仕上げる
人生譜

呱呱の声
からゆっくりと
春の風

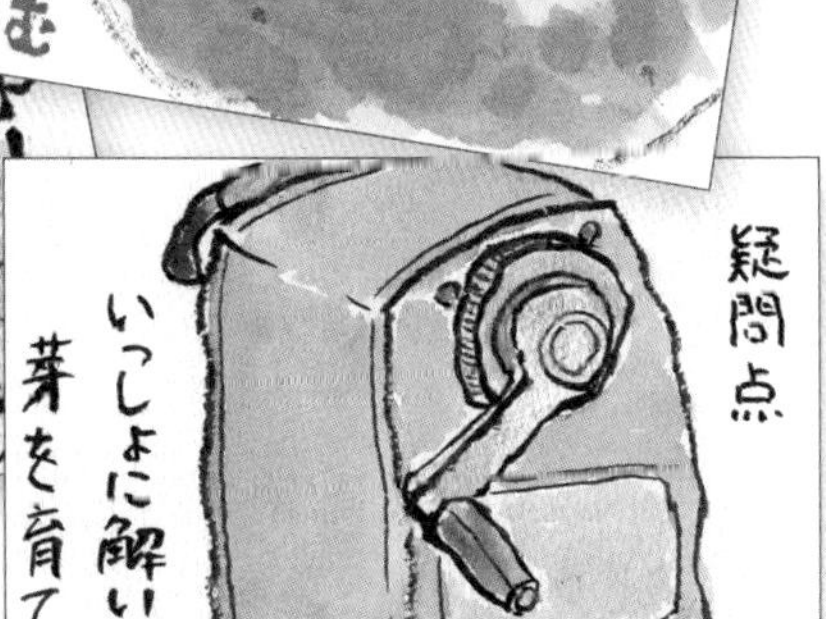
疑問点
いっしょに解いて
芽を育て

わたしの川柳画

●著者略歴
松本 宗和（まつもと・むねかず）
昭和28年5月　愛媛県西予市生まれ。
全国郵政川柳人連盟平成26年度作品年度賞受賞。
川柳城の和吟社所属。

川柳いろいろ
愛犬カールと綴る一日一句一万歩
○
2023年12月25日　初　版
著　者
松　本　宗　和
発行人
松　岡　恭　子
発行所
新　葉　館　出　版
大阪市東成区玉津1丁目9-16 4F　〒537-0023
TEL06-4259-3777㈹　FAX06-4259-3888
http://　shinyokan.jp/
印刷所
明誠企画株式会社
○
定価はカバーに表示してあります。

ISBN978-4-8237-1092-6